NOS

Conto para uma só voz

João Anzanello Carrascoza

1

Não é a musa de Homero
quem aqui canta,
nem estamos *nel mezzo del camin*
como Dante,
tampouco vão zarpar dessas palavras
as naus lusíadas
que Camões pôs a velejar.
Aqui quem canta é a dor
(e o espanto) de um homem.
E ela segue, saudável,
nada é capaz de levá-lo mais longe
quando sair da cama,
e isso é o que mais o aflige,
e o que outro homem,
ao se mirar num poço,
reconhece como a própria imagem
– escura é essa água,
nem Narciso suportaria
ver seus contornos,
e, no entanto,
tão límpida a verdade
que ela devolve a quem
a trouxer à luz.
Há que se recolhê-la com cuidado,

tudo conta quando se toma nas mãos
um destino humano.
Tanto que um deus, mitológico,
ao julgar as almas e
constatar o empate entre
o que fez de bom e de mau
um homem
(quando vivo),
retira uma pena do pássaro sob seu ombro
e a atira no prato de cá da balança,
dando-lhe novo peso,
mínimo,
mas suficiente para pender desse lado:
Sempre vale a pena salvar uma vida,
diria ele,
é o que se lê num velho tratado,
mas não é o que se dá com os homens,
julgam sempre mal os outros,
e, se seguem a regra,
– esse pensa daquele o que pensa de si –
a balança não prescinde de pena alguma,
nem a pedra pesada
(pela velocidade do tiro)
vai fazer,

se colocada do lado virtuoso,
qualquer diferença,
o prato das vilanias nem se moverá,
cheio até a tampa
transborda.
Daí porque, anunciou um sábio:
no juízo final
quem julgará um homem
não será nenhum deus,
mas ele mesmo,
sem saber que é o seu juiz;
se o soubesse
daria um desconto no prato da esquerda,
pousaria um bem valioso no da direita,
mas, ao ignorar de quem é a vida à sua frente,
tão certo quanto o sol que abre o dia,
ele será, na sua sentença, irredutível.
Nessas páginas iniciais
(como quem entra no mar
e não vê senão
um molusco, um crustáceo,
um peixe comum),
vemos só uma vida,
a desse homem,

sua história está só no começo,
embora há muito siga
como uma tatuagem em seu rosto,
anterior ao tempo que o faz amanhecer aqui,
sem a glória que lhe daria
o talento de um T.S. Eliot.
Temos esse homem e sua vida,
é o que basta para a origem de um universo,
do átomo ao cosmo,
da ideia ao texto,
do galo ao sol,
tudo é progresso,
vagaroso;
quando acelera,
não vigora plenamente,
que é outro jeito de não-ser,
ou ser só em semente,
semente seca,
acrescente-se,
como as histórias,
em fragmentos,
que vivem na imaginação de cada um,
se não lhes damos sentido,
entrelaçando-os como um tecido,

ficam só na intenção,
e se boas ou não,
delas
o nada está cheio.
Vai, então, esse homem
com a sua sina
viver o que lhe cabe,
se é muito ou pouco,
só a ele interessa,
para nós é apenas uma vida,
para ele é o máximo,
e acabar, assim,
mal tendo começado,
não dá um enredo,
meia dúzia de passos na praia,
a água mal tocou seu calcanhar
e já o chamam de volta,
quase nada se pode dizer
de alguém que só molhou os pés,
ao contrário de quem no mar
foi às suas margens,
de um cais a outro,
entre cabos e baías,
largando-se em estreitos,

e até mesmo,
milagre,
andando sobre as águas!
E como não está num game
em que pode ter muitas vidas,
e, tendo-as,
pode perdê-las
e recuperá-las,
esse homem,
no momento,
pega a sua,
como uma roupa;
está despertando,
é hora de se vestir com ela
e ir à luta,
como se diz à miúda,
a vida desse homem
e a dos demais
no fundo não se difere,
há clichê para todos,
variável apenas a classe social
ou a faixa etária,
enquanto os operários vão ao paraíso,
a classe média vai às compras,

os ricos vão à Índia,
como, aliás, já foram
em outras eras,
procuram lá gurus,
também ricos,
os semelhantes se atraem,
o mesmo se aplica aos jovens
e aos idosos
que esses, dizem os anúncios,
estão na melhor idade,
mas o corpo – sobretudo os olhos –
    diz o contrário,
vivem, e quase não se movem,
se vão a algum canto,
vão atrás de comida,
e se não vão à mesa,
ou se à cama não lhes trazem a sopa,
vão à morte,
que ali já está,
para facilitar as coisas,
não precisam fazer força,
ela faz a parte de ambos.
Mas a deixemos,
por um minuto,

e também o deus com seu pássaro ao ombro,
não é a vez dele pesar os dois pratos,
vamos à vida com esse homem,
ela não cai bem
nem mal em seu corpo,
na sua quase invisibilidade
revela seu estranho mecanismo,
inexplicável que haja uma usina
em aparato tão frágil,
basta um espinho, uma agulha,
para tirar,
como o gás de um balão,
a sua
(toda)
vitalidade.
E, antes que abra os olhos,
eis que ele sente,
como o galho sente o estalo
antes de desabar,
um corte na consciência,
não um corte de lâmina afiada,
mas de caco de vidro;
é, outra vez, o real que salta,
inteiro,

sobre ele,
o mal-estar sobrevém,
e tão mal é
que vem em silêncio,
embora queira,
pelo imediato entendimento,
quebrar a superfície da linguagem,
trazendo-lhe à mente
a certeza,
Estou vivo.
Mas,
Estou vivo,
não é o que pensa o comum dos homens,
mais exato é que diga,
de si para si,
Acordei,
no instante em que a ponta do vidro
lhe rasga a consciência,
o espaço sideral com milhões de estrelas
(e a distância entre seus pés e sua cabeça),
o planeta Terra,
o nosso (e os demais) sistema solar,
tudo que esteja dentro e fora
nele retorna,

a máquina do mundo se põe novamente
   a funcionar,
assim é uma história,
igual a esse homem:
amanhecem ambos na branca
engrenagem do papel.
Esse é o momento "um",
quando ele
recobra seu fardo,
Acordei,
e começa seu dia,
ainda que esteja imóvel na cama,
ao lado de sua mulher.
Se o corte dói ao rasgar a pele da consciência,
– e essa é
invariavelmente fina –,
dói mais quando a ponta do vidro
emerge lá do fundo,
a tal ponto que se deseja outro corte
para abrandar a dor do primeiro,
e se já pesa
pegar de novo a vida,
assim, de mãos vazias,
pesa o dobro

manter os olhos fechados,
as pálpebras,
como presas se acercando da serpente,
se erguem,
automáticas,
e, no quarto que represa a penumbra
(enquanto lá fora o sol ruge,
com sua silenciosa virulência),
o homem abre os olhos,
e se a sua dor fosse um milímetro maior,
se ultrapassasse a divisa entre o sim e o não,
ele continuaria dormindo,
não esse sono de sobressalto,
que é todo sono capaz de voltar à vigília,
ele iria preferir
o sono sem nada
da não-existência.
E por um só motivo:
ontem ele enterrou seu filho.
Era o único,
menino,
tinham tantos dias a viver,
não grandiosos,
dias comuns mesmo,

não há como tirar desse pai
a terra debaixo de suas unhas,
e, no entanto, ele precisa acordar,
se abrir os olhos, para a gente
(e para ele também noutros dias),
foi sempre tão fácil,
abrir os olhos
agora
arde,
lateja,
queima,
como o vazio
de um membro mutilado.

2

Esse homem,
e qualquer outro,
veio dotado de um aparelho sutil,
a memória,
que se é dádiva numa ponta,
na outra é maldição,
toda moeda tem seu verso
– a de deus, certamente, é o homem –,
e a memória não se regula como uma TV,
nem se troca por modelo mais novo,
cada um modela a sua,
e até que não se esfumem
seus arquivos mais acessados,
é com ela que teremos de nos (re)ver.
E se a memória abre,
com um clique,
uma cena singular,
que, por estar ali,
como a terra num copo d'água,
se altera ao mínimo girar
de uma colher,
pode, no ato,
tornar-se ordinária
por um fato qualquer,

ou enegrecer
como se o nanquim de um polvo
nela se esguichasse.
Não há como
estancar
a memória,
uma vez aberta,
dela escoam boas e más substâncias,
ainda que se queira
trazer à tona só aquelas,
essas vêm junto,
um rio não é só suas águas,
é também o que elas arrastam,
pedaços de galhos na superfície,
seixos em roldão lá embaixo,
pneus velhos, animais mortos,
o único freio para a memória
é o tempo que se derrama à sua frente
e lhe dá novas margens,
diante de um prato,
esquece-se da fome de ontem.
Então, como a memória
(a desse homem)
começa a sangrar,

a primeira gota,
– já seca,
ocorreu-lhe
quando soube da notícia,
e, agora, líquida de novo,
cai com o peso de um martelo,
não como gota de chuva
no caule de uma rosa –
a primeira gota lhe inunda a mente,
e se espraia numa revolta óbvia,
que, ao subir ao pé da linguagem,
resulta na pergunta,
Por que ele e não eu?
Por que o filho,
se, na ordem das coisas,
seria mais justo o pai ir primeiro?
Aquele deus deveria ter outros
pássaros no ombro
ao pesar os destinos na balança!
Também dilacera um menino perder o pai,
de uma hora para outra,
mas o que dizer a um homem
que perde o filho?
Tudo o que o filho não viveu

morre com ambos.
Alguém disse, um dia,
entre um menino e a morte
existe seu pai
intermediando-os,
e, mesmo que o pai não possa evitá-la
(jamais poderá),
para o menino,
o pai está no caminho dela,
real é o seu anteparo,
ao menos ele o crê,
é como se, para atingi-lo,
a morte precisasse passar
primeiro pelo pai.
Então, quando ele morre,
mais perto o filho fica da morte,
e, por essa nova distância,
melhor dizendo, proximidade,
o filho já pode se por a caminho
e se tornar também pai.
Se é esse ou aquele que vai primeiro,
importa é o vazio de quem fica.
No silêncio do quarto,
o pai não tem resposta alguma

para essa gota-pergunta,
e, sentindo que a mulher se move,
sorrateiramente,
talvez não para acordá-lo,
pensa
na sangria de lembranças
que ela terá daqui a pouco.
Ela é a mãe,
foi até ontem,
uma ausência muda tudo,
a começar pelo tempo dos verbos,
o filho que era horas atrás,
não continuará sendo,
o "é", definitivamente, se foi,
seu reino migrou para o não absoluto.
A mãe, e mais ninguém,
nem o pai,
é,
ou era,
não por ela,
mas pelo filho que se foi,
quem
mais deveria sofrer por essa perda,
ela quem o fabricou em seu ventre,

ela quem o amamentou
e o acalmou nas noites de febre,
vômito, dor de barriga,
ela quem o fez dormir,
quando os primeiros dentes lhe furavam
    a gengiva,
o pai nunca o teve unido pelo cordão
    umbilical,
nem o carregou lá dentro,
o pai só o pegou aqui fora,
onde há todo tipo de alimento,
não o teve tão perto de suas vísceras,
o pai jamais sentirá o que é
uma mãe perder seu filho.
Mas a dor do pai é
em igual medida,
se ele entrou só com a gota de seu sêmen
num primeiro momento,
depois, por não ter cozido dentro de si
    esse filho,
foi impelido
a erguer uma ponte entre eles,
e, para que pudessem
um ir e vir ao outro,

precisaram
construir uma história
de fora para dentro,
não como a mãe,
de dentro para fora!
Mãe e filho nascem se amando,
mesmo se depois seja o ódio que os una,
mas não é o que se sucede
entre um pai e seu filho,
terão de se gerar
um no outro
por engenho e arte de ambos.
Não se pense que o pai,
porque a vida o frequentou mais,
tenha o fio extra-forte para tecer
o texto que, com as mesmas linhas,
o filho há de compor a sua narrativa,
de igual espessura
é esse fio nos meninos,
se reconhecem no pai um Ulisses,
não ignoram o seu lado Aquiles.
Quem tem olho largo,
(e vê no rude a sua oculta suavidade),
há de ver no rosto de uma mulher

quando um filho nela está em produção,
há de ouvir em seu silêncio
o filho que ela trouxe ao mundo
mesmo se longe da barra de sua saia.
Assim, também, se pode ver,
pelo seu andar,
como essa mulher se deita na cama,
embora nem sempre a realidade
se encaixe em nossos olhos
– às vezes, não se adapta nunca.
Quem tem olho largo
pode ver,
ninguém duvide,
se um homem que chega só
é casado
mesmo sem aliança no dedo,
pode ver nesse homem
o filho que dele se parte.
Quieto na sua cama,
flashes manam
de sua memória,
e, em todos,
misturando as várias faces de ontem,
está a do menino morto;

uma única cena,
se recordada,
já lhe arrebentaria os olhos,
imagine, então,
na fusão de muitas delas,
que teceram os dias
(todos)
desse pai e seu filho.
Uma madeleine é suficiente:
a ponta da linha contém o novelo inteiro.

3

O fato que se deu entre os dois
começa numa manhã de domingo,
é tão singelo,
que ninguém – ou quase –
escolheria para revivê-lo
com a seiva da palavra;
o que encanta
são as lagoas azuis numa página,
os rios vermelhos na outra,
o céu púrpura
que mistura as duas cores
não tem vez hoje,
menos ainda uma história
na qual um pai e seu filho,
num domingo,
vão ao parque,
metade dos leitores fecham o livro
    nessa parte,
outra metade sequer liga
para o que foi contado antes.
Um domingo no parque,
o menino e sua bicicleta,
não é a partida de uma caravela,
nem o lançamento de um foguete ao espaço,

tampouco resulta num enredo engenhoso,
o que faz uma história
é tudo o que lhe falta,
o que nela havia de excesso
e lhe foi retirado,
como o bloco de pedra
onde Michelangelo viu a estátua.
A primeira palavra no papel
elimina mil outras possibilidades,
o desfecho deve ir para onde
aponta a sua faísca inicial,
e, como quem observa pelo retrovisor,
para ir adiante,
às vezes,
é preciso olhar para atrás;
não por acaso esse pai,
para se erguer
e dar o primeiro passo,
tenha de recordar
um dia com seu menino,
esse domingo
em que se deu o milagre
de nascer um no outro.
Milagre seria o homem ver

– é tudo o que ele deseja –
o rosto de seu filho,
vivo, de novo,
mas nada segue se não se alterar,
a vida, silenciosamente, avança
numa rotina de mudanças,
tudo muda numa casa
quando nela habita uma criança,
a cor da parede de seu quarto,
a chegada de um berço,
que não será de ouro,
nem esplêndido,
o horário dos pais se enlaçarem,
o sono deles,
sobretudo o da mãe,
só uma criança
é capaz de provocar
um sobressalto no mundo,
e, claro, esse menino
também operou sua mudança
na vida dos pais
e agora, tão cedo,
obriga-os a outra,
abrupta,

que destoa
da primeira.
Nenhum deus tem o poder
de alterar a providência de outro,
daí em diante só o consolo
e seu pouco efeito,
por isso a grandeza épica
de alguns relatos,
para compensar uma perda
– e nem assim a compensam.
A narrativa em curso
é apenas um auto,
não de Natal,
nem de renascimento
de uma vida severina,
aqui entrou a morte,
em todo canto
ela mutila a normalidade,
seja com uma explosão,
ou um suspiro
e bem antes de saltar ao palco,
a tudo ela já espreita.
Nesse domingo ensolarado,
pai e filho foram ao parque

e, desde que passaram pelo portão,
nada de novo aconteceu,
exceto que estavam lá outra vez,
vivendo, àquela altura,
o que era o seu presente,
e, sendo o tempo que sentiam
esse encaixe,
– o fruir da existência nela mesma –,
era como se o menino,
seu corpo na bicicleta confirmava,
estivesse dizendo,
Estou aqui com meu pai,
e o homem,
com o jornal na mão,
atrás dele,
estivesse a dizer,
Estou no parque com meu filho,
comunicando um ao outro
coisas que pais e filhos
não dizem de outro jeito.
Estavam assim,
o homem e o menino,
em meio a outros
de igual condição,

quando o pai,
erguendo os olhos do jornal,
onde as notícias do país
e do mundo
estavam prontas,
viu uma se fazer naquele instante
(mas essa seria registrada
só no diário da família),
o filho, na bicicleta,
descia uma rampa de cimento,
a toda,
e só de vê-lo em tal velocidade,
o sorriso
(e o susto)
selado em seu rosto,
pensou que o tombo era iminente
se o pneu dianteiro batesse em algo
que não devia existir
mas, súbito, ali se materializara,
e se o que ele pensou
só por ser pensado
de fato, se concretizasse,
eis que uma pedra se pôs,
exata,

sobre a sua apreensão,
e o menino, perdendo o controle
(já o perdia muito antes),
foi arremessado a uma distância
que até não era longe,
mas caiu de um tal jeito
no chão rugoso,
que a pele, no ato,
ficou lacerada,
e a dor veio de uma só vez:
o braço, o joelho e o cotovelo
esfolados.
O menino reteve o choro
para não decepcionar o pai,
e esse, atento aos seus erros,
sempre a apontá-los,
ao contrário da mãe,
que os perdoava,
comportou-se
igual a ela,
em vez de uma reprimenda,
acolheu o menino com carinho,
ajudou-o a se levantar,
menos com o impulso das mãos

e mais com umas palavras doces,
e o garoto, surpreso,
por um momento
quis levar outros tombos,
para, assim,
ter o tempo todo,
aquele pai afetuoso,
e embora ele já o fosse,
à sua maneira,
agora o era no âmago,
com toda a carga
de verdade como endosso.
Puseram-se a caminho de casa,
às pressas,
Está tudo bem?,
o pai perguntava ao filho,
enquanto dirigia o carro,
poderia ir ao pronto-socorro,
mas preferia cuidar dele
a seu modo,
Aguenta mais um minuto!,
e o menino,
os olhos úmidos,
mordia os lábios,

respondendo com o corpo imóvel
no banco ao lado,
Estou aguentando!
A mãe fora à feira,
e, no instante em que o pai
entrava com o filho
no banheiro de casa
para fazer o curativo,
ela procurava,
entre as barracas
de frutas e verduras
as mais frescas,
nem supunha que o marido
tomava o seu lugar
e cuidava do menino,
com tal delicadeza,
limpando, primeiro,
o sangue dos ferimentos
com água oxigenada,
para, em seguida,
passar o mercuriocromo,
e neles dar um sopro
e, enquanto soprava,
ajoelhado diante do filho,

perguntava,
Está doendo?
O menino,
sentado no vaso,
a contrair o corpo,
respondia com a cabeça
Sim,
e, ao ver o pai a seus pés,
tendo uma das mãos livre
ao alcance da cabeça dele,
(a outra pressionava
um dos machucados),
estendeu-a, lentamente,
e acariciou-lhe os cabelos.
O pai, de repente,
tinha o filho pronto
para nascer nele,
e o menino, então, nasceu,
– para morrer ontem!
Mas só para si
(e para o universo)
ocorreu a sua morte,
para o pai
é a vida doendo a todo instante,

inclusive agora,
quando ele reabre os olhos,
lá está o filho no parque,
caindo da bicicleta,
tudo de novo a acontecer,
o domingo ensolarado,
a mão descendo,
lentamente,
lentamente,
para lhe acariciar os cabelos.

4

Não temos
uma escultura sublime
feita no mármore
os contornos delineados
depois de extrair da pedra seu excesso,
a Pietá,
o filho morto no colo da mãe,
ela
segurando-o,
por direito indiscutível,
em seu último sono,
como no primeiro.
Temos
um pai e seu filho,
aquele aos pés desse,
obra talhada
não em rocha,
mas na matéria fluida da escrita,
e nela não vigora a lei
que deu início ao mundo,
Faça-se a luz e a luz se fez,
ou, a sua variante,
Levanta-te e anda,
o verbo aqui não se faz carne,

nenhuma reza ou conjuro
vai ressuscitar o menino.
O pai,
desperto,
há muito tem os olhos dos olhos abertos,
e sabe que nenhum momento,
por mais belo que tenha sido
(ou que venha a ser),
pode superar o que ele vive agora.
Noutros homens,
mesmo os solidários com a aflição alheia,
não vai doer muito
(para alguns quase nada),
saber que morreu um menino,
no mundo inteiro eles morrem,
– quem sentirá a sua falta
senão o pai, a mãe,
um avô distante,
a professora da escola
os amigos do bairro?
Para esse homem
resta suportar a saudade
que apenas começou,
a perda logo irá ao ápice,

ele a sentirá tanto
que será como não sentir nada.
Depois que ele se levante,
(outro modo de se certificar
que o filho está mesmo morto),
terá de se mover até o trabalho
e, lá, sentar-se à mesa,
pôr o serviço em ordem,
falar com os outros,
pelo telefone ou frente a frente.
Terá, quando a angústia
se distrair por um átimo
(também ela tem seu ponto frágil),
de abrir um sorriso,
porque lhe contam uma anedota,
e até nesse sorriso
se verá uma súplica,
ele só deseja as águas passadas,
nadar com toda a força
contra a sua correnteza,
até chegar àquele trecho
onde o filho ainda vivia
no quarto ao lado.
Logo virá essa hora,

de ir onde o menino dormia,
seria menos penoso para ele
cruzar mares medievais
num veleiro de papel,
ou atravessar descalço
aldeias bárbaras,
do que ir daqui até ali;
se recortassem da casa o quarto
como se faz no tecido com a tesoura,
deixando-a só com os outros cômodos,
talvez se poupasse esse pai
de fazer o inventário do filho.
Mas, e o jardim (onde o menino brincava)
e a sala (onde ele assistia TV)
e o banheiro (onde o pai cuidou de
    seu ferimento)
e a cozinha (onde ele deu os primeiros passos)
e o quarto do casal (onde ele foi concebido)?
A lição é tão clara,
chega a ser diáfana:
mesmo se lhe tiram algo grandioso,
o mundo segue igual.
Mesmo se lhe tiram o pior,
o mundo segue mal.

Nem é preciso ir ao quarto do filho,
aqui mesmo,
do lado direito do pai,
no criado-mudo,
à cabeceira da cama,
há uma porção de coisas do garoto,
não dele propriamente,
como roupas e brinquedos,
mas obras suas,
bilhetes, cartas, desenhos,
presentes grotescos,
à base de cola e papelão,
tinta, barbante,
e todos,
todos,
feitos por ele para o pai,
ninharias
que, agora, fulguram,
como um sol preso na gaveta.
Se abrirmos a gaiola
para um pássaro
a paisagem ganhará
suas asas,
mas se o pai desengaiolar esse sol,

não verá senão a manhã
imediatamente
se turvar,
a escuridão vem do fundo dos olhos
não do raso das coisas.
Melhor seria manter a gaveta fechada,
mas a vida
é inevitável,
e o pai, seja quando for,
terá de tocar nesse fogo
(que queima com frieza)
e segurá-lo até que a sua mão
se transforme no próprio archote.
A gaveta cheia de miudezas
que não aumentavam o pai ante o filho,
para o menino ele sempre foi grande,
é uma prova
entre outras, incontáveis,
dos fios grossos que os unia;
e há aquelas fora da matéria,
de quantidade talvez maior,
retidas na memória,
e, como bichos astutos,
já começam a vazar pela gaveta,

não dessa ao alcance dos dedos,
mas de outra,
que também é brasa,
tão acessível,
dentro dele,
e pronta para arder ao seu chamado.
Inerte, de olhos abertos,
curvado como um feto,
de costas para a mulher,
o homem sabe que ela acordou,
não porque tenha se mexido,
ou puxado as cobertas,
nenhum bocejo emitiu,
tampouco um gemido,
ele aprendeu a decifrar
cada sílaba do texto
que a sua muda presença diz.
Então, como noutras manhãs,
em que a mão dela deslizava pelo lençol
em busca da mão dele
– e, tocando-se, suavemente,
o casal iniciava o dia,
sem pressa nenhuma
para desfrutar de seu primeiro gomo,

ali mesmo, no quarto,
e avançando, aos poucos,
para as regiões úmidas do corpo,
já exímios em não fazer barulho
(agora não será mais preciso!),
enveredavam, céleres,
um dentro do outro –,
o toque, dessa vez,
não vai acender desejo algum,
apenas medir a voltagem da solidão,
e, reconhecendo-a,
as mãos hão de ficar por segundos irmanadas,
e depois, impotentes,
vão se soltar,
não há como dividir a perda
(mesmo com quem amamos),
ela é só de quem a tem,
não adianta juntar duas e dividi-las,
é no silêncio, não no grito,
ao contrário de um nascimento,
que se recebe a morte.

5

Uma história se faz com o que fica,
como a ausência desse menino,
tudo o mais não entra,
escolher o que permanece
e lhe dá vitalidade
não é tirar do arroz
os grãos marinheiros,
(alguns sempre se afundam no mar branco),
nem ter a vista atenta à lama da bateia
(pepitas cintilam sem que o olho as veja).
Se as mãos que ora se afastam,
reconhecendo uma na outra
o que não podem mais tocar,
houve o dia que elas se tocaram,
inesperadamente,
e se mantiveram, firmes:
foi num sábado
(dia em que – dizem – deus criou o homem,
e Michelangelo eternizou seu momento exato,
a cena do pai passando a vida ao filho
vai hoje, miniaturizada em chaveiros,
no bolso de milhares de turistas).
Nessa manhã de sábado,
a família foi à escola do menino,

era o tempo das festas juninas
e ele ia dançar a quadrilha.
O garoto, desajeitado,
faz o que lhe ensinaram,
mão dada com a garota de tranças,
está feliz em sua roupa caipira,
rasgos e remendos de mentira,
o chapéu de palha na cabeça,
as falsas costeletas na cara,
o pai e a mãe, ao vê-lo com a menina,
de repente, se dão conta de que um dia
ele também se casaria
(coisa que jamais acontecerá),
mas, àquela hora,
ninguém (nem eles) sabia,
assim as mãos se apertaram,
como se dizendo um ao outro,
Estamos ficando velhos,
Olha como cresceu nosso filho!
O menino cumpre o seu papel
e procura com o olhar
os pais na plateia,
logo os encontra
e, então, se desconcentra,

erra os passos,
mas os pais sorriem,
perdoam a tudo nos filhos,
(principalmente os defeitos
que deles advêm),
enquanto, de mãos dadas,
observando o menino,
se dão conta de que estão,
de repente, namorando.
E outro toque se deu,
dias depois,
então entre os três,
formando uma corrente,
quando estavam,
distraídos,
em frente à TV,
era onze de setembro,
o ano não é preciso dizer,
e foi um assombro
ver o replay
do primeiro avião se estraçalhar no
    World Trade Center,
e, logo, o segundo,
e eles ali, juntos,

cada um com a sua vida
fazendo coincidir os instantes.
Como explicar aquilo ao menino,
se eles, pais, estavam atônitos?
Imagine um sem-número de lembranças,
como mãos estendidas,
suplicando
que não as deixe morrer;
para esse homem,
basta o filho que se foi,
e ele não pode evitar.
Terá de sair dos lençóis,
emergir de seu abismo
– porque é lá que está
(seguro não é o solo
que seus pés tocam,
para retornar à superfície,
mas movediço) –
e dar bom-dia às brasas,
ele nem sabe ainda
que as achas dessa fogueira,
distintas das que Prometeu roubou
   do Olimpo,
não são de matéria divina,

eram promissoras labaredas,
agora são um incêndio de cinzas.

6

O sol dissipa as sombras,
das mais delgadas às espessas,
engole os eflúvios da noite
e esgarça o nevoeiro,
mas é incapaz de perfurar
o emanharado escuro
que envolve o coração desse pai,
fios de negro arame
brutalmente suturados em nós
formam o seu tecido
e, mesmo assim,
de pé, no quarto,
ele terá de se entregar
ao dia que vem vindo,
atravessar as suas horas
até que se torne findo
(e repetir a cruzada
nos dias vindouros),
além de ir recolhendo,
no caminho,
como migalhas de pão,
os fatos que moverão a História;
planeta,
ele não é notícia para ninguém,

a música das esferas só nasce
quando um homem entra
na órbita de outro,
e, então,
o que dizer dos milhões de
    pensamentos
que dia a dia,
somando todos,
engendramos?
E o volume de sonhos
emersos de cada um,
noite a noite?
E os desejos, as aspirações, os planos,
nossos e dos outros,
que, o tempo inteiro,
criam e modificam
o universo
de possibilidades?
No rosto de um homem
vê-se logo o que ele pensa,
no sim de uma mulher
estão escritos, letra a letra,
os muitos nãos que ela dirá,
esse pai não é só o que lhe resta

(o mundo inteiro),
depois do que lhe tiraram
(o filho pequeno),
ele é as numerosas regiões
onde o virtual reina,
aquilo que não vive
senão na raiz de sua presença,
e, nela, substância estranha,
o filho dança a quadrilha
com a garota de tranças.
O homem entrou no banheiro
e, antes de ir ao vaso,
mira-se no espelho,
e, mesmo sonado,
vê sair de seu rosto,
como se vapor fosse,
o rosto de seu filho,
e cada vez que se flagrar ali
verá o outro em si mesmo
(tão parecido eles eram),
a quem ensinaria a fazer a barba
e a dar o nó na gravata;
aquele que não mais existe
continua em sua feição,

em seu jeito de rir,
em sua face toda.
Um filho está em nós
de ponta a ponta,
pelo nosso corpo ele fala
(como o pássaro à árvore,
Sou seu ramo que voa,
e a árvore ao pássaro,
Sou pena de suas asas),
aquilo que não logramos ser,
plenamente,
às vezes, é tudo o que ele será,
mas o que esse menino seria
(um executivo, um médico,
um publicitário, um poeta?),
não mais acontecerá,
Nevermore, nevermore.
Aos vivos sempre fica
o ônus de não ter ido antes,
o pai não transmitirá
esse legado a ninguém,
do filho é que ele o recebe.
Talvez, por isso, se lembre,
enquanto urina,

daquela tarde, há tempos,
em que se sentiu mal no trabalho
e ficou doente;
o menino,
sem saber o que o afligia,
vendo-o estirado na cama,
teve uma noite o lampejo
(ou foi o atávico senso de gratidão),
pegou da estante um livro
e, sentando-se à direita do pai,
se pôs a ler em voz alta uma história,
e se foi ou não essa a intenção,
o homem compreendeu,
como ele,
pai,
o fizera com o filho
em noites remotas,
para que dormisse logo,
o garoto então
tentava niná-lo,
e foi aí que,
ao contrário,
ele começou a despertar,
tanto que a mulher,

entrando no quarto,
deu vivas
ao ver que o marido reagia,
havia nele um tônus,
uma vontade de voltar à vida,
e ele pediu comida,
coisa que, até ali,
ela o fazia engolir à força.
Fato raro aquele:
o filho contar história para o pai.
Talvez seja isso que se dê
entre os homens
(os que contam histórias)
e os deuses:
aqueles devolvem a esses
o que lhes deram um dia.
Irrelevante perguntar
qual história o menino leu,
nem se a leu inteiramente,
se era drama, aventura,
uma história não vale por si,
mas pelo que produz no outro,
se desilusão ou encantamento,
se muito ou pouco.

é só um jeito de lembrar que o mundo
não basta.

7

A dor do outro, e a sua alegria,
decantada em frascos narrativos,
ou à nossa frente, ao vivo,
ainda que distinta,
de um matiz mais forte,
continua sendo o que ela é,
dor, alegria;
um pai é todo pai
e a sua exceção,
o filho é um filho
forjado em molde único,
mas igual a todos os outros.
Sigamos com esse pai
que lava o rosto
(e vê em si o menino de novo),
escova os dentes,
deveria seguir sua rotina
e tomar banho,
mas deseja voltar à cama,
e o que ele experimenta
– esse pétreo desânimo –,
é a sua primeira dentição,
e não serão apenas as duas
comuns às mandíbulas humanas,

mas muitas,
encavalando-se,
umas nas outras.
Imóvel, ele se mantém
diante do espelho,
nem notou que a mulher
entrou no banheiro,
embora vivendo
experiência similar,
ela parece mais decidida,
e, após tirar a roupa,
resvala no ombro do marido,
que libere a passagem
para ela entrar no boxe,
o delicado roçar
ele o traduz como incentivo,
Ânimo!,
e, em resposta, obediente,
o seu corpo se move,
pra que ela passe;
ele retorna ao quarto,
vai à janela e a abre,
o sol salta rápido
e se plasma nos lençóis

fareja, indentifica,
e começa a secar o cheiro dos dois.
Lá fora, estão outros homens
com seus danos,
querências, arroubos,
e são tantos, tantos,
aqui e em outras terras,
dá vertigem imaginá-los
todos e ao mesmo tempo;
se fossem grãos de areia
formariam,
aos olhos de um deles
que os sobrevoasse de avião,
um mosaico colorido,
enquanto para um outro,
a avaliá-los também de cima,
seriam um deserto,
dunas e dunas de uma só cor,
palidez e mesmice,
Desse pó viemos
(não das estrelas),
ele diria,
Somos feitos uns dos outros;
e, mais vertiginoso,

seria pensar
nesses grãos se movendo,
o destino, ou o livre-arbítrio
(não são ambos a mesma coisa?),
obrigando-os ao êxodo,
como se já não fossem,
desde que nasceram,
exilados de seu próprio sonho,
e quando se vê, à luz da manhã,
no ir e vir
desses grãos,
a verdade,
transparente,
cintilando
por trás de sua casca,
o sentimento só pode ser
um, único,
impossível haver alguma lógica
nesse caos perfeito;
por isso um grão
vai sempre ao outro,
não porque não se baste,
mas pelo desespero
(de ser um só,

um nada nessa miragem),
ou é pela ingenuidade
(essa maneira de se alhear do todo),
que ele se movimenta,
grande é o grão que aceita
a sua condição granular,
e, mesmo sem sol,
reluz por si só.
Lá está ele,
os braços sobre o parapeito,
um homem à janela
contemplando os edifícios,
parece aberto para o dia,
quase ninguém perceberia
o quanto lhe pesa
não ter
(nunca mais)
o grão que ele gerou,
porque se é fácil ver o mal
numa face fechada,
só um cego não vê
num semblante impassível
o espírito destroçado;
ele, preso ao chão,

está ali há tanto tempo,
a mulher até já saiu do banho
e, acercando-se,
o abraça por trás.
Permanecem assim um instante,
ela tocando-o, mas ele não tocado,
como se insensível,
imóvel também na paisagem,
até que ele a acolhe, atrasado,
inclina a cabeça à procura de amparo,
não precisam de mais nada,
muito menos de palavras;
quantos casais não estão,
também, agora, numa janela da manhã,
abastecidos até a tampa
com a morte de um filho?
Haji Begum mandou fazer
o primeiro cemitério-jardim
para sepultar Humayun.
O imperador Shah Jahan
edificou para a esposa morta o Taj Mahal,
já esses dois aqui,
marido e mulher,
não construíram nada

em mármore e ouro,
são eles próprios o túmulo
vivo
de seu garoto,
e como quem vai à tumba de Humayun
ou ao Taj Mahal
para fotografar
e mostrar aos amigos,
julgando ser um palácio,
há quem, passando dali,
veja neles um casal feliz.
A mulher enlaçou o marido
deve ser iniciativa dela
o gesto para que se soltem,
sob pena de parecer,
se ele o fizer primeiro,
que a rejeita,
e é ela quem, de fato,
vai, devagar, se desatando dele,
até que,
quase nem se percebe,
não está mais ali;
o homem continua
(pendurado à beira do dia novo)

um minuto mais,
observando a cidade,
aparentemente calma
(mas, em suas raízes, fervilhando),
a se espraiar além
de onde sua vista alcança;
poderia lhe ocorrer,
como o diabo ao Cristo,
as palavras,
Um dia, tudo isso será seu,
mas, se fosse dizer algo
ao filho morto, ele diria,
Desde ontem, tudo isso não é mais seu,
é preciso ter muita vida em nós
para saber que o mundo não é menos mundo
se alguém que amamos se foi.
O homem percebe
que a mulher arruma a cama,
assim é todos os dias,
mas, talvez,
por estar, agora, num grau acima
de compreensão das coisas,
ele saiba
que os dois,

não tendo mais o que tinham,
estão mais unidos do que nunca,
e, fato raro,
põe-se a ajudá-la,
observa como dobra o lençol
e espalma o travesseiro,
tenta imitá-la,
e, num instante,
a cama está feita,
a colcha sobre ela,
ninguém diria,
Aqui dormiu um casal
que, ontem, ficou órfão
de seu filho.

8

A mulher vai preparar o café
e deixa o marido ali,
não há mais o que fazer no quarto,
vestido ele já está,
mas não parece querer sair,
não é preciso viajar pelo mundo
para conhecê-lo de A a Z,
o abecedário, inteiro,
está em qualquer lugar,
o centro de tudo,
a face de deus,
o aleph;
para encontrá-los
inicie em si a viagem,
lembrando-se
de manter os pés no chão,
senão há de ser
como milhares de homens
que giram pela Terra
e continuam no ponto inicial.
Não é isso, certamente,
que o impede
de ir à cozinha,
ele tem de passar pelo quarto do filho

(a porta está aberta
como um alicate, pronto para cortar),
depois pela sala
(onde antes de ontem
os dois conversavam),
e mesmo na cozinha,
em todo espaço da casa,
o menino está lá, ausente.
Não adianta evitar nenhum lugar,
naqueles em que o filho esteve
(e ainda está, de um outro jeito)
e nos demais,
que não se restrigem a esse mundo
(a outros também, até mais),
ele sempre vai se deparar
com algo que o lembre,
uma vez vindo à luz,
mesmo de volta logo à sombra,
um filho sai de sua própria vida,
mas nunca da vida dos pais.
A saudade não tem fase minguante,
é crescente todo dia,
quanto mais o tempo passa
maior a sua supremacia,

hoje ela já ultrapassou
o seu estágio de ontem
e caminha para um grau acima,
amanhã vai se superar,
infiltrar-se, silenciosa,
onde antes não chegava,
não hesita um só instante,
vai se alastrando, se alastrando,
se o líquido toma a forma do copo
e completa o que nele está oco,
a saudade, na via oposta,
entope de vazio o todo.
A travessia se dá, enfim,
e, embora não de um oceano a outro
(mais longe, às vezes, está aquele
que espera, a si mesmo,
na outra margem!),
é demorada,
e nada heróica
para esse pai,
não cruzou a Taprobana, nem o Rubicão,
não leva ouro, semente, espada,
só as suas perdas,
leves

se comparadas à mais recente.
É preciso continuar,
parar por aqui
seria dar ao menino
uma segunda morte.
O homem se senta
à mesa da cozinha,
lá faz as refeições rápidas,
dos três banquinhos
só dois serão ocupados,
a mulher coa o café,
logo vai se sentar também,
e mirando o azulejo,
de um branco que não mais se produz,
ele sente esguichar na memória
outra lembrança
(é só o início da hemorragia),
não a viagem à Disney que fez com o menino,
nem a final do campeonato de futebol,
quando o time deles ganhou a taça,
tampouco uma tarde ensolarada
quando, juntos, mergulharam no mar,
mas uma fatia básica do cotidiano,
nenhum feito, nenhum marco importante,

só ele e o menino comendo
um diante do outro,
e, entre eles,
as palavras que disseram
Quer mais arroz, filho?,
Pai, me passa o feijão!
são esses momentos
mínimos,
e não outros,
o que, no fundo,
arrasa
não ter nunca mais.
A mulher
senta-se ao lado de seu homem
(que nela semeou o filho
– o menino, se chegasse a crescer,
haveria de assustá-la, um dia,
ao se cruzarem, de repente,
pelo corredor da casa,
Deus, como está parecido com o pai!),
serve o café a ele
e, por ter legado o dom
(ou a desventura)
de gerar,

pacientemente,
dentro de si,
seja o que for,
a esperança, ou a vida,
eis que lhe cabe abrir o dia
com a primeira palavra,
e, mesmo assim,
ela demora a pronunciá-la,
os dois sabem
(antes, em teoria,
hoje, com a alma em carne viva)
que em todo dizer
nunca se diz tudo,
que a linguagem não pode calar
o que é dito além da fala.
E, em tudo o que eles
estão dizendo
(e no que vão dizer),
imantada à pele das palavras
(melhor, revestindo-as!),
está a pergunta,
E agora?

9

Em cada minuto que vão viver
(e nós também)
subjaz este *e agora?*,
e justamente porque não o sabem
é que vão ao momento seguinte,
e desse aos outros, lá adiante,
de forma que o tempo distante,
de súbito, esteja face a nossa face,
e tenhamos de mover
os braços
(para que a entrega seja plena)
e as pernas
(para que o caminho se faça)
desafiando Baterbly e sua imobilidade,
é assim que a presa
vai à boca da víbora
(e cumpre o seu destino),
é assim que o culpado
comete o seu delito
(que estava à sua espera),
é assim que a história
tira do homem o seu filho;
e a morte,
se foi por bala perdida,

acidente de carro,
doença rara,
pouco importa,
ninguém é mais inventiva
que ela
com seus inumeráveis disfarces,
o vivido
é um de seus próprios passes,
ida e despedida
estão uma dentro da outra;
a mão desse homem,
ao tocar a xícara,
perde o contato
com as demais superfícies,
sua boca, com o gosto do café,
é amarga para outro paladar,
tudo o que é
já desagrega
(os olhos azuis do gato,
as montanhas de minério,
os musgos sobre o telhado),
o pão que ele mastiga
não é mais o mesmo pão
entre a lâmina dos dentes e

a língua em remoinho,
a palavra que ele saliva
não se esgota ao ser dita,
à beira do silêncio continua
como rio num barco a seco.
Que importa para esse homem,
se o guarda-louça da cozinha,
acima de sua cabeça,
foi comprado a prestações,
se contém pratos lascados
ou nobres faianças,
se dentro das gavetas
há garfos e facas oxidados,
que importa a polpa (suave) do dia
se ele só pôde sorvê-la uma vez?
Que importa a maneira
como seu filho foi embora,
se a manhã seguinte,
com seu sólido sol,
funcionará igual,
tão igual a todas as outras,
anteriores,
mesmo agora
(para ele),

com as vísceras à mostra?
É do homem
passar de pai para filho
o que deles se pode retirar,
a qualquer hora,
facilmente
(a vida!),
e não adianta ele,
ou a mulher,
pensar,
Eu podia ter evitado,
o destino
de cada um
só a ele cabe,
o destino é o fato na sua hora exata,
o quase posto de lado,
o triz que falha,
o destino é
o vidro entre a janela e a paisagem.
Ninguém diria há dois dias,
quando o menino ainda comia
o seu pão com manteiga,
que eles estariam hoje aqui,
à mesa do café,

calados
(entupidos de gritos),
ante o novo dia que segue
lá fora,
alegre
e indolor,
sendo o que ele é,
um dia apenas
(cada um que o sinta
com a sua medida,
e ela não é dada senão
pelo que nos falta
ou nos excede),
ninguém diria,
ao mirar a mão desse homem
deslizando
pela toalha
para apanhar a xícara,
que o desespero a move,
como poucos são
os que veem na calmaria de um lago
a sua profunda voracidade,
e raros
(ele e a mulher!)

os que percebem o prego
perfurando a sua palma,
ninguém diria,
– é a ordem que agora
rege esse homem –,
que a vida lhe vem
em outra velocidade,
muito mais lenta
(a dor é devagar),
as noites,
aos seus olhos,
apodrecem
lentamente,
os frutos
nas árvores
escurecem
sem pressa,
moroso é
o trabalho do vento
a desfazer as nuvens,
e tudo o mais
quase nem acontecendo
de tão lento,
o minuto

(líquido grosso)
se derrama
sobre ele
imperceptivelmente.
Só lhe resta comer o pão
(aziago),
desse dia,
e, depois,
pegar a sua cruz,
ali estacionada
(junto à de sua mulher,
como roupas num cabide),
e vesti-la
(a sua segunda pele),
tanto que ela o incentiva,
dizendo,
Coma!,
não em forma de ordem,
mas de súplica,
e ele a obedece,
quase em câmara lenta,
uma imagem presa ao tempo
como a borboleta
a um alfinete,

uma existência,
tão etérea,
de repente,
emoldurada
pelo giz
das palavras,
e nela
não há cavalgada de valquírias,
nem relógios derretidos,
cavalos cuspindo lanças,
cabeças em destroços,
fuzilamentos, carnificinas,
Vênus emergindo das ondas,
urinóis e cachimbos,
naturezas mortas,
nada,
somente um homem à mesa
um dia depois
de enterrar seu filho.

10

Se as águas de cima se separaram das
    de baixo,
por ordem de deus
ou por uma lei que governa o universo,
o pai terá, também,
de sair desse banquinho
e recomeçar a sua jornada,
a ele cumpre viver
o que lhe falta de sua história,
e o que é seu,
um banho de mar
(solitário)
daqui alguns meses,
uma viagem ao Oriente
(na qual sua mala será extraviada),
um acidente de trânsito
(que resulte num osso quebrado),
o que é seu o aguarda,
e ele vai ao seu encontro,
erguendo-se
como uma mola
(para se afastar mais da eternidade),
a mulher o observa,
é ela quem cuida das plantas,

de garantir seu viço verde,
por isso, ele lhe parece
uma folha frágil
a oscilar no caule,
não o galho forte
que a atravessava
certas noites
quando um corpo,
farto de si,
buscava no outro
o seu ancoradouro.
Ele põe na pia a louça suja
e vai saindo da cozinha
aos poucos,
como se,
atravessando a porta,
já no corredor rumo à sala,
ainda continuasse lá
alguma parte sua,
pelo menos é o que ela sente,
ele não foi totalmente embora,
há algo de seu homem
que continua
entre o piso e o teto da cozinha.

Se é como uma fisgada,
sentir uma vida,
tão próxima,
em seus movimentos,
transitórios,
distanciando-se de nós,
quão perfurante não é
sentir a presença
daquela que se foi
definitivamente embora?
O homem volta ao quarto,
senta-se na cama,
sem saber o próximo passo,
se vai ao trabalho
se lhe virá o pranto,
não pode ressuscitar ninguém
(ele também é alguém que morre),
nem mesmo na memória,
que nela estão as cenas,
todas,
já amarelando
um pouco mais
a cada minuto,
o episódio no parque

(o menino e sua bicicleta)
está a se alterar
nesse instante,
logo ganhará outros contornos,
e se afastará do que foi,
nem o amor
(por ser o que é)
sobrevive
à traição
das lembranças.
O mesmo vale
para os momentos banais,
pai e filho no carro
numa longa viagem,
horas e horas de estrada
e, depois,
das muitas cidades,
quase não lembram nada,
e, no entanto,
estiveram juntos
aquele tempo todo,
sob o mesmo capô
cozinhando ao sol,
a ver as mesmas paisagens,

e, claro,
isso vale também
para outras ocasiões,
o domingo passado,
quando assistiram, lado a lado,
um programa na TV,
ou semanas atrás,
na poltrona do cinema
de um shopping,
os dois comendo
um saco de pipoca,
ocasiões que se resumem
a uma só:
– estar no meio
da vida na mesma hora
(ser tomado, igualmente, por ela,
sem perceber seu tamanho
e o poder
que a ameaça).
A vida,
só a sentimos,
quando está
saindo de nós;
enquanto

em vigor,
é tanto o seu silêncio
(embora os sistemas
que controle em nosso corpo
estejam com os motores a toda!),
nem lhe damos ouvido,
a consciência
é incapaz
de captá-la,
a consciência
registra
tão somente
o seu sinal
quando ela
já passou,
nunca o segundo
preciso
em que
se manifesta,
um atraso
que só se amplia
à medida
que procuramos
fora de suas divisas

a unidade,
a terra perdida
(não o paraíso).
Esse homem
gostaria de estar de joelhos,
como naquela tarde,
diante de seu filho,
a curar seu machucado,
mas aqui está ele,
como um osso
que se parte
ainda na queda
ao ser atirado no poço.
Aqui está ele, de costas
(tão frágil!)
para o porvir,
à espera da lógica
que, tendo já lhe apunhalado uma vez,
esteja no preparo
de um novo golpe:
o de impedi-lo de olhar para trás.
Aqui está ele, de costas,
sem música ao fundo
(exceto a de seu coração,

quase inaudível),
sem que subam os créditos
como nos filmes,
sem que caia o pano,
como no teatro,
aqui está ele,
um homem
e sua dor
(que a ninguém interessa)
ante o câncer
de um novo dia.

11

Um novo dia
é um câncer,
letal
(embora também vital)
para os dias vindouros,
assim é tudo o que nasce,
ao eclodir para a luz
precipita o seu apagar,
eis a lei primeira da existência
– o que é
só é
porque o deixa de ser;
o que é
o é
para ser nunca mais.
Um novo dia
é o que esse homem vai viver,
despedaçado,
um novo dia
é apenas seu primeiro grão de saudade
– uma safra longa o espera,
exuberante o seu latifúndio
de lembranças
ainda em pendão –,

a vida que ele teria com seu menino
anos à frente
foi cortada não só no talo,
mas no todo,
não há nada de épico
em seu périplo ora iniciado,
o filho que ele perdeu
estará para sempre perdido,
não há redenção
para o planeta que a ausência
nele inaugurou,
pai-órfão ele é
daqui para sempre,
de um fruto unigênito,
um homem que tem
o que outros a seu tempo
também o terão
nas mãos vazias,
– um amor morto –
uma vida interrompida
não na carne da escrita
nem na viga mestra do imaginário,
mas em todas as células
de sua história

decepada já nas primeiras páginas;
e quem não é esse pai
escapou de passar
por um parto às avessas,
a morte de um filho
é o nascer para dentro
de uma vida acabada,
um morrer antes da hora
da própria morte,
um acender de trevas
para se ver fora de si;
essa morte do menino
tão repentina
teria igual efeito
se ocorresse aos poucos,
como uma caravela
a singrar durante meses
águas incertas,
– o fim de todo mar
é chegar à faixa de areia.
Esse homem, sozinho
com seus soluços presos
à espera de um disparo
para explodirem,

mira a sua mulher
parada no corredor,
e ele sabe,
a dor dela é outra,
embora o filho perdido
seja o mesmo,
ele sabe de seu próprio estado
de bagaço,
ele sabe
que o fim de seu menino
o sufoca no pó da humanidade,
embora não saiba qual o significado
de um adeus precoce
para um ventre
que fabrica vidas.
Mas ele aprenderá
todas as letras do vazio
– imenso alfabeto! –,
ao apanhar no guarda-louça
um copo ou uma jarra
e ver a caneca do menino
ali, sem serventia;
sentirá na ponta dos dedos
a pele do filho

ao recolher debaixo do sofá
um brinquedo
que naquele vão,
há pouco,
foi esquecido;
abrirá o caderno novo do menino
e molhará com seus olhos
as muitas folhas em branco
que em branco continuarão;
verá os chinelos do filho
a um canto da casa,
e se sentirá, sob a sua sola,
esmagado,
não é um pião, uma bola,
um quebra-cabeça,
que servem à alegria
de qualquer criança,
mas os chinelos de seu menino,
que só a ele serviam,
as alças roídas
o desenho quase apagado
de um super-herói,
e, invisíveis,
todas as suas corridas,

os seus curtos itinerários
entre o quarto e o portão,
os seus passos futuros
negados, um a um
de uma só vez;
e enquanto esse homem
vive o dia inaugural
sem o seu filho,
– e mesmo depois de cumprir
a vida que lhe resta sem o garoto –,
os demais homens
estarão lendo outra obra,
atraídos por um novo drama,
vivemos mesmo saltando
de uma velha aflição
para outra, mais recente,
ninguém pode amenizar
a dor desse pai
senão a própria,
ao atingir o ápice
ela o anestesiará,
por ser tanta,
vale repetir,
uma hora

ele nem a sentirá.
Se o menino
foi levado pela lama
de uma barragem,
se contraiu uma doença
da qual poderia ter escapado,
se o pai (ou a mãe)
o tivesse acordado mais tarde,
é certo que outra possibilidade
teria saltado
do feixe volátil das combinações
e, então, ele estaria aqui,
sorrindo, com sua bicicleta
no quarto e na lembrança
(tão carinhoso o pai, naquele domingo!),
mas a vida é a que vivemos,
tudo o mais é o que ela não é,
outras vidas, verossímeis,
em contínua mutação;
também a vida desse homem
é uma vida isenta das demais
(milhares!)
que poderiam ter sido
e não foram,

viver o seu viver
o impede de experimentar
todos os viveres restantes.
O que ele tem agora
é um dia em branco
para preencher com a sua desolação,
o que ele tem agora
é uma paisagem devastada
que teve de apanhar
como uma flor
e agora a segura
entre os dedos da memória;
o que ele tem agora
é um rosto apontando
para o porvir
(argonauta ao revés),
como o bico de uma escuna
estacionada na areia
à espera das ondas
para nelas se cortar;
o que ele tem agora
é o rosto voltado
para a solidão oceânica,
o mar antigo

com seu sol ancestral,
mar onde esse pai
não pode navegar,
pois jamais o filho
estará com ele
no mesmo tempo e espaço,
perdê-lo é estar
feito uma palmeira com sede
à beira da praia
e não poder se saciar,
a água que vem
nunca a alcançará,
perdê-lo,
esse pai o seu filho,
é como em terra se afogar.
A um centímetro
da ponta de seu sapato
começa o deserto
da dor absoluta.
Ele ergue a perna
(sem alarde algum)
e dá o primeiro passo.

Este livro foi escrito durante a residência literária do autor na Sangam House, na Índia.

© Editora NÓS, 2020

Direção editorial SIMONE PAULINO
Assistente editorial JOYCE DE ALMEIDA
Projeto gráfico BLOCO GRÁFICO
Assistente de design STEPHANIE Y. SHU
Revisão NATÉRCIA PONTES

*Texto atualizado segundo o novo
Acordo Ortográfico da Língua Portuguesa.*

Dados Internacionais de Catalogação na Publicação (CIP)
de acordo com o ISBD

C313c
Carrascoza, João Anzanello
   Conto para uma só voz / João Anzanello Carrascoza
   São Paulo: Editora Nós, 2020
   112 pp.

ISBN 978-85-69020-53-0

1. Literatura brasileira. 2. Contos. I. Título.

2020-221
CDD 869.8992301, CDU 821.134.3(81)-34

Índices para catálogo sistemático:
1. Literatura brasileira: Contos 869.8992301
2. Literatura brasileira: Contos 821.134.3(81)-34

Elaborado por Vagner Rodolfo da Silva, CRB-8/9410

**Todos os direitos desta edição
reservados à Editora NÓS
www.editoranos.com.br**

Fonte NEWZALD
Papel ALTA ALVURA 90g/m²
Impressão IMPRENSA DA FÉ